BIBLIOTHÈQUE DU premier âge.

Promenades au Jardin des Plantes.

Bibliothèque du premier âge.

＊＊＊＊＊

PROMENADES DE JEUNES ENFANTS

AU

JARDIN DES PLANTES.

Ouvrages du même format

PUBLIÉS

CHEZ AMÉDÉE BÉDELET, LIBRAIRE,

20, rue des Grands-Augustins.

o—cccc—🛞—cccc—o

LIVRE DES PETITS GARÇONS.

JEUX DE LA POUPÉE.

JEUX ET EXERCICES DES PETITES FILLES.

PETIT MAGASIN DES ENFANTS.

CHOIX DE FABLES DE LA FONTAINE.

FREDAINES D'UN SINGE ET DAME TROTTE.

GULLIVER DES ENFANTS.

ROBINSON DES ENFANTS.

ANIMAUX INDUSTRIEUX.

FRIDOLIN, HISTORIETTE.

PETIT BAZAR EN IMAGES.

Paris.— Imp. SCHNEIDER et LANGRAND, rue d'Erfurth, 1.

PROMENADES AU JARDIN DES PLANTES.

Cabane des Paons et des Cigognes.

PROMENADES DE JEUNES ENFANTS

AU

JARDIN DES PLANTES,

OUVRAGE ORNÉ DE VIGNETTES

dessinées et gravées par Pauquet,

AVEC EXPLICATIONS INSTRUCTIVES ET AMUSANTES SUR TOUT
CE QUE RENFERME CET ÉTABLISSEMENT.

PARIS,

AMÉDÉE BÉDELET, LIBRAIRE,

20, rue des Grands-Augustins.

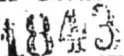

PROMENADES

JARDIN DES PLANTES.

———

Edouard et Alfred étaient deux enfants intelligents et studieux ; aussi, M. Dumont, leur oncle, trouvait-il son plaisir à diriger leurs études et à partager leurs récréations. Celles qu'il choisissait pour eux avait toujours pour but de les instruire en les délassant. Tantôt il les conduisait aux manufactures de Sèvres et des Gobelins ; tantôt à l'imprimerie royale, et leur expliquait lui-même tous les procédés qu'on y emploie. Un jour il leur annonça que le jeudi suivant était destiné à visiter le Jardin des Plantes. Ce fut pour eux une si grande joie, que ce jour-là ils furent prêts bien avant l'heure du déjeuner ; ils ne voulaient même point se mettre à table. « Mes enfants, leur dit l'instituteur indulgent, venez prendre votre repas ; mais afin que vous sup-

portiez plus patiemment le retard que je vous im-
pose, je vous dirai pendant ce temps quelques mots
de l'origine et de l'utilité du bel établissement que
nous allons visiter.

« Il eut pour fondateur, vers l'an 1626, un savant
médecin nommé Gui de la Brosse, qui en fut institué
intendant par le cardinal de Richelieu, ministre du
roi Louis XIII. Le but de la Brosse était de rassem-
bler le plus grand nombre possible de plantes médi-
cinales, et de rendre ainsi un grand service aux
hommes. Aussi il doit être, à ce titre, considéré
comme un des bienfaiteurs de l'humanité. Apprenez
aussi, mes enfants, non pour satisfaire votre vanité,
mais pour être utiles à vos semblables ; pour cela
seulement la science est désirable. Gui de la Brosse
fit paraître, en 1640, un catalogue de deux mille
plantes que contenait le jardin où je vais vous conduire. Mais on a fait depuis de bien nombreuses découvertes, et vous y verrez les plantes de toutes les
parties du monde : on en compte aujourd'hui
trois ou quatre cent mille. Vous verrez des arbres
qui, renfermés dans des serres magnifiques, y
reçoivent chacun la dose de chaleur qui le vivifiait
dans son climat. En outre, on y a depuis longtemps
transporté la ménagerie royale. Les animaux, quand
ils ne sont pas trop féroces, s'y voient dans une sorte
d'état de liberté. Les plus dangereux sont enfermés

dans des loges garnies de solides barreaux de fer, et vous pourrez contempler en sûreté ce qui vous inspire une si grande terreur dans les récits de voyages que vous aimez tant à entendre lire. Mais ce n'est pas tout encore. A l'extrémité du jardin se trouve un grand monument qui renferme empaillés, par des mains habiles, tous les animaux que nous n'aurons pas vus vivants. Dans un autre édifice, on trouve reconstruits par un homme de génie, l'illustre baron Cuvier, des espèces d'animaux monstrueux que l'on ne trouve plus que pétrifiés, qui ont peut-être disparu à l'époque du déluge, et qu'en raison de cela on appelle *antédiluviens*.

« Nous réserverons l'intérieur de ces édifices pour nos promenades d'hiver. Le jardin et la ménagerie vous offriront aujourd'hui assez d'attrait ; d'ailleurs, le temps ne pourrait suffire à tout examiner fructueusement. »

Le déjeuner finit enfin ; le bon oncle prit alors sa canne et son chapeau que lui présentaient ses chers élèves. Les curieux enfants le devançaient ; lui, quoique moins alerte, doublait le pas, souriant de leur joie et de leur impatience.

PREMIÈRE PROMENADE.

M. Dumont et ses deux élèves arrivèrent par la grille du pont d'Austerlitz ; mais ces derniers, trop désireux de voir tout ce que le récit de leur oncle venait de leur promettre, firent peu d'attention au coup d'œil que présente le jardin vu de ce côté ; ils passèrent distraits près de ces carrés peuplés de fleurs de toutes les contrées du monde, au milieu de ces belles avenues de marronniers. Émus de terreur par de sombres roulements de voix inconnues, par cette odeur sauvage et nauséabonde qui décèle la demeure prochaine des bêtes féroces, ils étaient surpris et muets.

« Oh ! mon oncle, voyez l'affreuse bête, dirent-ils tous deux à M. Dumont en arrivant devant la cage des hyènes : quel poil rude ! quel regard farouche !

Cet animal doit être bien féroce, dit Édouard. —
Quel vilain cri, dit Alfred ; c'est comme un hoquet.
— C'est l'Afrique, répondit M. Dumont, qui a produit presque toutes les hyènes que vous voyez ici.
Cette bête fait sa demeure ordinairement des fentes
de rochers, des cavernes des montagnes, ou dans
des tanières qu'elle se creuse sous la terre ; elle vit
de proie, et quand la faim l'y pousse, elle ose attaquer l'homme en plein jour ; elle suit de près les
troupeaux, et, dans certaines contrées de l'Afrique,
pénètre souvent dans les bergeries dont elle rompt
les clôtures ; elle se défend du lion, affronte la panthère, et quand la proie lui manque, elle fouille la
terre avec ses pieds et en tire par lambeaux des cadavres de toute espèce.

Reposons nos yeux maintenant sur le lion ma-
jestueux ; quoique bien redoutable, il a du moins
de nobles qualités ; il est susceptible de reconnais-
sance et de générosité. Vous vous souvenez, mes
enfants, du lion d'Androclès et de celui de Flo-
rence ? Il y a mille autres traits qui nous font
admirer le caractère de ce bel animal. Quelle
belle crinière, quelle fière démarche ! Remarquez comme son corps, bien proportionné, indique
la force et l'agilité. Quelque chose l'agite : voyez
comme la peau de sa face se fronce ; il bat ses
flancs de sa queue ; sa crinière se hérisse et semble

étinceler. Ecoutez... Oh ! mes enfants, si vous entendiez ce bruit dans un désert, répété par les échos des rochers comme un roulement de tonnerre ! Mais pauvre noble animal, sa rage est impuissante, et le voilà qui retombe près de ses barreaux où l'ennui le consume.

Le lion attaque quelquefois à lui seul une caravane entière, et quand, blessé, il se sent affaibli, il continue à faire face à ses adversaires, et fait sa retraite sans jamais tourner le dos. Les animaux frémissent et fuient à la seule odeur qu'il exhale. Il se tapit sur le ventre dans un endroit fourré, et d'un bond de douze ou quinze pieds tombe sur sa proie et la déchire avec ses ongles. On pourrait prétendre que le lion n'est pas cruel, puisqu'il ne détruit qu'autant qu'il a faim.

ALFRED. Mais, mon oncle, la chasse au lion doit être bien dangereuse?

M. DUMONT. Les nègres y sont fort adroits. Au Sénégal, un prince de cette nation voulant donner à un voyageur européen le spectacle d'une chasse au lion, se munit de trois javelots et d'un cimeterre; puis, monté sur un cheval, il alla surprendre un lion dans son repaire. Par une fuite simulée, il l'attira à l'endroit où les spectateurs s'étaient placés. Bientôt l'animal étant blessé s'avançait vers son ennemi, la gueule béante; mais un javelot lancé dans son gosier y pénétra profondément. Le prince nègre alors, sautant d'un bond à cheval sur le dos du lion, lui coupa la gorge avec son cimeterre. Durant le combat, il n'avait reçu qu'une légère égratignure à la cuisse.

EDOUARD. Mon oncle, voici un lion qui n'a pas de crinière.

M. DUMONT. C'est une lionne; effectivement, elle diffère en ce point du mâle. Moins fortes que les lions, les lionnes sont plus terribles qu'eux dès qu'elles ont des petits, elles les placent ordinairement dans les endroits de difficile accès, et quand elles craignent d'être découvertes, elles effacent la trace de leurs propres pas avec leur queue.

EDOUARD. Oh! quel est celui-ci qui bâille si horri-

blement, montrant une langue si rouge et des dents
si pointues ?

M. DUMONT. C'est un jaguar, ou tigre de l'Amérique, l'animal le plus féroce ; il tue pour le seul
plaisir de détruire. La nature l'a paré bien riche-
ment par cette belle robe dorée et semée de taches
veloutées : la flexibilité de son corps long et mince,
sa physionomie perfide, tiennent beaucoup de la
structure du chat. Le tigre royal, qui ne vit qu'aux
Indes, diffère du jaguar par son pelage qui est rayé
transversalement.

Un voyageur et ses compagnons étaient depuis longtemps suivis à la piste par un jaguar ; dès qu'ils furent
arrêtés, ils allumèrent un grand feu circulaire : pendant deux nuits le sinistre animal tournait sans cesse
autour de la flamme, cherchant à pénétrer auprès des
voyageurs. Les coups de fusil étaient impuissants ;
car dès qu'on le couchait en joue, d'un seul bond il
disparaissait dans l'ombre, puis revenait ensuite

d'un autre côté. Ce ne fut que la troisième nuit qu'il parut se lasser ; redoutant la flamme dont on redoublait la force, il se retira enfin dans la profondeur des forêts, frappant l'écho de son cri funeste et décroissant.

Voici dans cette cage un autre animal qui ressemble beaucoup au tigre : c'est la panthère. Elle est aussi originaire de l'Afrique et de l'Asie ; sa robe est encore plus magnifique, plus symétriquement tachetée que celle du jaguar. C'est une espèce extrê-

mement féroce ; cependant on est parvenu quelquefois à la dompter et à la dresser à la chasse. Le pelage noir de cette panthère de Java en fait une variété curieuse.

Voici des ours ; mais ceux de l'espèce plus commune, que vous verrez là-bas dans des fosses, vous amuseront davantage. Allons-y donc, chemin faisant je vous dirai quelques mots des variétés de cette espèce.

L'ours noir, qui habite les forêts du nord de l'Europe et certaines contrées de l'Amérique, n'est que frugivore, c'est-à-dire qu'il se nourrit de grains et de fruits. L'ours brun est féroce et carnassier ; on le trouve communément dans les Alpes qui séparent la France de l'Italie, de la Suisse et de la Savoie. Les mâles mangent même leurs petits, et vous en verrez un exemple dans les fosses où l'on a été obligé de séparer des siens, nés à la ménagerie, un ours qui avait déjà dévoré l'oreille de l'un d'eux. La femelle, au contraire, aime ses oursons jusqu'à la fureur. Il y avait ici, il y a quelques années, un bel ours blanc terrestre ; il est mort de tristesse. Dans les contrées qui avoisinent la mer glaciale, au Spitzberg surtout, habite au milieu des glaces l'ours blanc, qui vit de poisson, et qui est

Fosse aux Ours.

aussi dangereux pour l'homme. Le corps de l'ours blanc est beaucoup plus allongé; sa tête est plus mince que chez les autres ours; la longueur de ses pieds est surtout remarquable.

Que d'éclats de rire partent de ce côté! Ici la gaieté a remplacé l'effroi qu'on éprouvait auprès des cages que nous venons de quitter.

EDOUARD. Oh! voyez là-haut, mon oncle, cet ours qui se balance sur son arbre, cherchant à atteindre les gâteaux qu'on lui lance de tous côtés. Viens vite, Alfred, il y a ici une place!

Et les deux enfants ne pouvaient se lasser de considérer tous les frais d'amabilité que faisaient pour la foule les trois malignes bêtes renfermées dans la fosse. Celui-ci tournait sur ses pieds de derrière au commandement du spectateur; celui-là, s'asseyant, tendait ses deux horribles pattes armées de griffes crochues et semblait vouloir rire en montrant ses redoutables dents.

— Venez, enfants, leur dit M. Dumont, le soleil de mai n'est encore que bien tiède, et la girafe, cette frileuse africaine, que vous désirez tant voir, va peut-être rentrer dans sa demeure garnie de nattes. La voici pourtant; nous la verrons encore.

Je ne sais si vraiment l'on peut dire que cet animal est beau; car, quoique sa tête soit fine et ornée de petites cornes effilées, que ses grands yeux noirs

soient vifs et doux, et que sa robe fauve ait de belles
taches brunes, ce long cou disproportionné, ces
jambes grêles, et surtout cette démarche particu-
lière, lui donnent un ensemble indolent et gauche.

EDOUARD. Pourquoi donc marche-t-elle ainsi?

M. DUMONT. C'est qu'elle porte les deux pieds
droits ensemble, puis ensuite les deux pieds gau-
ches, contrairement à tous les quadrupèdes. Cette
manière de marcher est très-nuisible aux girafes
dans l'état de liberté. Elle rend leurs mouvements
lents et contraints, et elles ne peuvent fuir leurs ennemis. C'est un animal extrêmement doux, qui a
peu de moyens de défense; aussi les bêtes féroces
en détruisent-elles beaucoup. Celle-ci vient du pays
de Darfour; elle fut envoyée au roi de France, par
le pacha d'Egypte, en 1827; elle était âgée de deux
ans et demi. Les Parisiens alors ne s'abordaient
qu'en se disant : Avez-vous vu la girafe? Il y avait
des robes à la girafe, des coiffures à la girafe. Je
l'ai vue promenée dans les grandes allées de ce jardin; deux noirs, venus avec elle de sa contrée, lui
servaient de conducteurs. Depuis on a construit
pour elle cette partie de la rotonde, où, par le
moyen d'un calorifère, on entretient une chaleur à
son gré.

Les girafes ne se nourrissent que d'herbes et de
feuilles, elles éprouvent, en raison de la longueur

Giraffe.

de leur cou, une grande difficulté à paître, et préfèrent brouter dans les arbres. Elles comptent parmi les animaux ruminants.

ALFRED. Mon oncle, qu'est-ce que ces deux animaux qui sont renfermés avec elle? ils semblent auprès bien petits.

M. DUMONT. Ce sont des zébus, ou espèces de bœufs originaires d'Afrique. Ils sont propres, lisses, potelés et d'humeur douce, comme la châtelaine à laquelle ils sont donnés pour compagnie. Sans cette bosse qu'ils portent sur les épaules, leur tête, garnie de cornes, leur donnerait une grande ressemblance avec nos bœufs d'Europe.

EDOUARD. Quelle peut être à peu près la longueur de la girafe?

M. DUMONT. Vingt pieds de la tête à la queue. Vous en verrez pourtant de plus grandes encore empaillées, quand vous irez au musée d'histoire naturelle. Asseyons-nous un peu sur ce banc, mes enfants, vos jeunes jambes sont dociles à suivre vos désirs, mais les miennes réclament un moment de repos.

EDOUARD. Mon oncle, j'examine encore ces zébus ou bœufs d'Afrique dont vous venez de nous parler, mais il y a aussi une autre espèce de bœufs que l'on nomme buffles. Le pasteur suisse naufragé,

2

avec sa famille, dont vous nous avez donné l'histoire, en parle dans son récit.

M. Dumont. Il est vrai. C'est une espèce beaucoup plus forte et plus vigoureuse que les zébus, et qui est d'une grande utilité dans l'état de servitude ; leurs cornes recourbées sont leur arme la plus redoutable, et ils terrassent même les lions, auxquels peu d'animaux peuvent résister. Un voyageur, qui assistait à Bombay à un combat de bêtes féroces, raconte ainsi celui qui eut lieu entre un buffle et un lion :

« A peine étions-nous installés dans la galerie, qu'on chassa dans l'arène le buffle en question. C'était un fort bel animal. Dès qu'il se vit·libre dans l'enceinte, il la parcourut en mugissant, la tête basse, et faisant voler le sable avec ses pieds de derrière. Quelques moments après, on leva la grille de la cage où était enfermé le lion : le royal animal s'élança dans l'arène d'un air noble et fier ; mais, dès qu'il eut aperçu le buffle, il se mit à ramper, balayant le sol de sa queue avec des rugissements sourds, puis, en deux ou trois bonds, s'élança sur son rival, et s'accrocha à son cou à l'aide de ses griffes et de ses dents. Ce choc inattendu fit plier le buffle sur ses genoux de devant ; mais, se redressant aussitôt, il rejeta la tête en arrière avec tant de force, qu'il lança le lion, avec

Eléphant.

une violence prodigieuse, contre la balustrade de l'enceinte, et lui fit, d'un coup de corne, une large blessure au flanc. Le lion, un moment étourdi, se remit pourtant sur pied, et, avant que son ennemi pût profiter de son avantage, fondit encore sur son cou, et le déchira à belles dents ; lancé cependant encore une fois au loin, et couvert de blessures, il fut bientôt hors de combat. Au bout de quelques jours il était complétement guéri ; mais les plaies du buffle le rendirent si furieux, qu'on ne put lui appliquer aucun remède, et il mourut le lendemain. »

EDOUARD. Eh ! mais, mon oncle, qu'arrive-t-il donc là-bas ? voyez cette eau qui jaillit d'entre les palissades.

M. DUMONT. C'est un des jeux de l'éléphant qui habite cet enclos, le bain est pour lui un grand plaisir : on y a pourvu en creusant un vaste bassin dans lequel il peut plonger entièrement, redressant en haut sa trompe, par laquelle il respire. Voyez comme il paraît heureux d'agiter l'onde et de se la lancer à flots sur le dos, ou d'inonder tout autour de lui. Le voilà cependant qui vient à nous : donnez-lui quelques-uns de ces pains ; sa trompe est tout à la fois l'organe de la respiration, la main dont il saisit les objets et les porte à sa bouche, le levier dont il soulève des poids énormes, et la massue dont il frappe ses ennemis.

ALFRED. Est-ce que cet animal est féroce?

M. DUMONT. Non, mon ami, il est d'un naturel très-doux; toutefois, on prétend qu'il se souvient toujours des offenses, et s'en venge tôt ou tard. A ce sujet, l'on raconte que dans l'Inde, où cet animal est commun, et vit dans une sorte de domesticité, un tailleur, qui demeurait non loin de l'abreuvoir dans lequel on menait tous les jours un éléphant se désaltérer, avait la coutume de lui donner chaque fois une friandise quelconque; l'animal ne manquait jamais de venir passer sa trompe à la croisée de son ami pour réclamer le don quotidien. Un jour le tailleur eut la méchante idée de lui donner un coup de son aiguille, l'éléphant retira froidement sa trompe, sans marquer de colère; mais, revenu de l'abreuvoir et repassant devant celui qui l'avait ainsi mystifié, il lui lança violemment au visage toute l'eau qu'il avait gardée à cet effet. Son ressentiment pourrait souvent s'exercer d'une manière plus funeste.

EDOUARD. Mon oncle, de quel pays viennent les éléphants?

M. DUMONT. D'Afrique et d'Asie. Les anciens, et vous l'avez vu dans votre histoire sainte, les dressaient à marcher aux combats chargés de tours remplies de guerriers; les souverains de l'Asie n'ont pas d'autre monture dans les cérémonies religieuses ou d'apparat; ils se font précéder d'une foule de ces animaux couverts de guirlandes, de plaques de métal et de sonnettes, et ils paraissent très-heureux de cette parure.

EDOUARD. Mais ils doivent être bien lents à marcher, ils sont si gros?

M. DUMONT. Du tout. En liberté, ils pourraient rivaliser de vitesse avec le cheval. Quant à la taille de celui-ci, elle n'est pas encore parvenue à sa plus grande croissance, il ne faut pas moins de trente ans pour que l'éléphant atteigne tout son développement. Ainsi, mes enfants, c'est dans une vingtaine d'années environ que vous pourrez venir le revoir dans toute son énormité.

ALFRED. Mon oncle, vous dites que l'éléphant n'est pas féroce, alors il ne se nourrit pas de chair et ne chasse pas?

M. DUMONT. Non, mon ami, il ne vit que d'herbe, de feuilles et de bois tendre ; ses longues dents, que vous voyez sortir de sa bouche au-dessous de sa trompe, se nomment *défenses*, c'est vous dire assez quel est leur usage; ils les perdent à certaines époques, et c'est pour cela qu'une côte d'Afrique, où l'on en trouve beaucoup, a retenu le nom de Côte-d'Ivoire : on en fabrique mille jolis objets. C'est afin de se les approprier que l'on fait la chasse aux éléphants, toujours au moyen de piéges, car on ne pourrait les combattre dans une lutte ouverte. Une fois pris, on les apprivoise très-facilement, et ils deviennent dociles et soumis. Voyez comme celui-ci obéit aux moindres signes de son gardien ou cornac. Si cet homme le voulait, la puissante bête fléchirait les genoux pour le laisser monter sur sa croupe.

ÉDOUARD. Voilà de belles et aimables qualités. C'est dommage que cet animal soit si laid ?

M. DUMONT. Il est vrai. Ses yeux sont bien petits, mais ils brillent d'intelligence ; ses longues oreilles pendantes ne sont pas gracieuses, mais lui sont bien utiles ; en les agitant, il éloigne les insectes qui le tourmenteraient ; elles possèdent une délicatesse extrême et se délectent au son des instruments. L'éléphant a aussi le sens de l'odorat très-fin ; avec cette longue et lourde trompe, il cueille des fleurs, en savoure le parfum, puis les mange avec délices.

A côté de lui, derrière cette autre palissade, je vois un quadrupède également peu favorisé de la nature pour les dons extérieurs. C'est le tapir, animal triste et ténébreux, qui appartient à l'Amérique, et tient un peu de l'éléphant par une trompe courte, et du cochon par la forme du museau.

ALFRED. Il est maussade. J'aime mieux les chameaux. Vous avez lu, dans les voyages, que c'était un bon et utile animal ?

M. DUMONT. C'est le plus beau présent que le ciel

Chameaux.

ait fait à l'Asie. Ils suppléent seuls au bœuf et au cheval. On les croit originaires de l'Arabie, terre presque généralement aride et sablonneuse, sans herbe ni pâturage ; aussi les autres bêtes de somme n'y sauraient elles vivre.

Dans presque toutes les contrées d'Asie, le transport des marchandises ne se fait que par le moyen des chameaux : trafiquants, voyageurs divers, pèlerins de la Mecque s'organisent alors en caravanes, avec nombre de ces animaux, qui transportent hommes et bagages ; la docile et patiente bête plie les genoux pour se laisser charger, se contente de quelques chardons pour sa nourriture, et peut endurer la soif pendant plusieurs jours. La nature l'ayant pourvu, de plus que tous les ruminants, qui n'ont que quatre estomacs, d'un cinquième pouvant contenir de l'eau pure, sans mélange d'aliments ; par un mouvement des muscles de son cou, il ramène cette eau dans son gosier, et s'en rafraîchit.

Le chameau, qui ne demande presque rien à l'homme, lui donne tout, au contraire. Son poil doux et fin se renouvelle tous les ans, on en fait des vêtements et des meubles ; de plus, le lait des chamelles est sain et nourrissant.

EDOUARD. Ses pieds sont singulièrement conformés ; et puis en voici un là qui n'a qu'une bosse, et celui-ci en a deux.

M. Dumont. C'est une variété dans l'espèce : celui qui a deux bosses est un chameau proprement dit ; l'autre, qui n'en a qu'une, est un dromadaire.

Quant à ses pieds, ils sont faits ainsi afin de pouvoir plus facilement marcher dans les sables épais et mouvants du désert. Je suis sûr que vous croyez que leurs bosses sont osseuses ?

Edouard et Alfred. Et qu'est-ce donc, mon oncle ?

M. Dumont. C'est un phénomène dont l'a doué la prévoyante nature. Quand le chameau se trouve privé de nourriture, la graisse de sa bosse fournit à son corps, en se fondant intérieurement, une substance qui peut le soutenir pendant plusieurs jours ; la bosse se fond tout à fait si l'abstinence continue, mais elle se reproduit dès que l'animal reprend de la nourriture.

Edouard. Pour le conduire, lui met-on, comme aux chevaux, un mors et une bride ?

M. Dumont. On le conduit par une grosse corde passée dans la partie charnue de son mufle, au-dessus du cartilage du nez. On a prétendu, mais c'est une erreur, que le chameau était doué d'une grande vitesse : il marche longtemps, et sous le soleil le plus ardent, mais lentement et gauchement. Il paraît que, bien qu'il soit naturellement docile, il est quelquefois très-irritable. Un voyageur en vit un si furieux, qu'il saisit le bras de son conducteur et le lui déchira ; aussi, lorsqu'il manifeste sa colère, le chamelier a coutume de lui jeter son turban ou sa tunique, il satisfait alors son ressentiment sur ces objets, les foule aux pieds avec des cris et des grognements terribles, et le conducteur peut ensuite s'approcher sans danger.

ALFRED. Eh ! mon oncle, voilà que le cornac vient pour faire rentrer les animaux.

M. DUMONT. Ne le regrettez pas, mes enfants ; nous ne pourrions d'ailleurs les examiner plus longtemps ; l'heure est avancée, et il faut songer à rentrer. Nous reviendrons ici dimanche si vous travaillez bien jusque-là. Causons cependant chemin faisant, cela égayera notre route.

EDOUARD. Mon oncle, puisque vous êtes si bon, expliquez-nous, je vous prie, ce que c'est que les sables mouvants dont vous parliez tout à l'heure.

M. DUMONT. C'est un fléau qui engloutit quelquefois des caravanes entières. Les Arabes l'appellent le semoun. Le vent du midi, qui n'éprouve aucune résistance dans ces immenses déserts, soulève des colonnes de poussière rendue brûlante par la chaleur du soleil ; elle aveugle, étouffe et renverse les voyageurs, et s'accumulant où le vent la transporte, forme d'épaisses vagues qui les ensevelissent. Le chameau alors fait preuve de sagacité ; il pressent à

certains signes que l'ouragan va s'élever ; de lui-
même il tourne aussitôt vers le nord, double le pas,
et cachant sa tête entre ses jambes, il dérobe ainsi
ses yeux et ses naseaux aux atteintes du sable em-
brasé.

Nos trois amis, tout en discourant, arrivèrent à
la maison, et les enfants, heureux de tout ce qu'ils
venaient de voir et d'entendre, se promirent de
redoubler de zèle et d'application afin de mériter
la promenade promise pour le dimanche suivant.

Palais des Singes.

DEUXIÈME PROMENADE.

Edouard et Alfred, n'ayant encouru aucun repro-
che, purent se disposer pour la promenade projetée.
Ils amusaient leur oncle par leurs remarques en-
fantines sur ce qu'il leur avait appris des animaux, et l'instituteur voyait avec plaisir qu'ils
avaient tout parfaitement retenu. Au retour de la
messe on partit. M. Dumont les guida tout de suite à
cette jolie rotonde en grillage, soigneusement dallée,
ornée d'un bassin et d'un jet d'eau, où, sur des
cordes suspendues exprès, le long des mâts de fer,
se balancent et grimpent sans cesse les joueurs et
malins singes; ceux-ci saisissent les plus jeunes, les
bercent comme feraient des nourrices; puis tout à
coup, changeant de pensée, les chassent et les pour-
suivent en poussant des cris aigus; d'autres tirent
et secouent violemment toutes les cordes : c'est qu'à
l'une d'elles est attachée une cloche dont le bruit
les amuse. Ils passent et repassent si rapidement
devant le spectateur, qu'il est impossible d'en examiner les espèces diverses.

EDOUARD. Mon oncle, qu'est-ce que celui-ci qui
est si laid? il ne joue pas comme les autres.

M. DUMONT. C'est le babouin ou papion, le plus
hideux et le plus méchant de tous les singes; il n'a

rien d'aimable. J'aime mieux tous ces divers petits singes d'Amérique, si lestes, si gais : voyez comme ils se servent de leurs longues queues nerveuses pour se pendre aux cordes la tête en bas. On les appelle sajous ; ils sont faciles à apprivoiser, mais surpassent en malice tous leurs confrères. Curieux comme l'enfant qui l'est le plus, et dérangeant tout ce qu'ils rencontrent sous leur main, ils ont une manière d'imitation de tout ce qu'ils voient faire. J'en ai vu un qui tenait toujours un papier dans sa main et se penchait dessus pour imiter son maître quand celui-ci lisait avec attention, et si le maître levait la tête et paraissait réfléchir, le sajou en faisait autant. Parfois cette manie peut devenir dangereuse. Un de mes amis se réveilla un matin en sursaut, enveloppé de flammes : son singe favori, coiffé de son bonnet, affublé de sa robe de chambre, fumait gravement assis dans un grand fauteuil. Il avait ainsi mis le feu au lit de son maître.

ALFRED. En voici un qui est bien aussi laid que le babouin.

M. DUMONT. Oui, il rivalise avec lui ; c'est le magot d'Afrique. Le macaque, cependant, le dispute encore à ceux-ci. Voyez ses jambes courtes et grosses, son museau large et son nez plat, sa face nue et ridée ; il lui sied mieux d'aller sur quatre pieds que de se tenir sur deux.

Voici encore des hôtes de l'Afrique : ce sont les makis : ils ont le museau long, les yeux grands, les jambes de derrière plus longues que celles de devant. Regardez, en voilà plusieurs qui s'ébattent avec assez de grâce et de légèreté. Dans l'état de liberté, ils vivent en société. On les trouve à Madagascar par bandes de trente ou quarante.

Encore d'horribles diables qui passent devant nos yeux ; à leurs longues queues, je les reconnais pour être de l'espèce des guenons. En voici une qui semble moins disgracieuse et plus légère que les autres ; elle n'a que quatre doigts aux mains, quoiqu'elle en ait cinq aux pieds ; mais ce qui la distingue surtout, c'est le poil touffu qui lui forme, au haut de la tête et s'étend jusque sur les épaules et la poitrine, une sorte de camail, ce qui lui a fait donner le nom de guenon à camail.

L'Inde a fourni également à la ménagerie quelques échantillons. Un voyageur à Bombay raconte un fait curieux dont il fut témoin.

Un singe était attaché près de la maison de son maître, au tronc d'une grosse perche de trente pieds de haut, au sommet de laquelle il se plaisait souvent à grimper comme pour y planer sur les beaux sites d'alentour. Les corbeaux, très-nombreux et très-hardis sous les climats de l'Inde, profitant de son éloignement, avaient pris l'habitude de

piller les aliments que l'on plaçait pour lui au pied
de son bambou. Malgré toutes les manifestations
de son déplaisir, les ravisseurs continuaient de le
mettre à la diète. Enfin il s'avisa d'un stratagème
aussi efficace qu'ingénieux. Perché comme d'habitude sur son observation, un matin que les corbeaux
avaient été plus insolents que jamais, il feignit d'é-
prouver une souffrance aiguë, ferma les yeux, et
laissa pencher sa tête. On n'eut pas plutôt apporté
sa ration ordinaire, que la nuée fondit dessus et se
mit à dépecer les aliments; alors, se laissant péni-
blement glisser à terre, et paraissant en proie à une
douleur mortelle, il se traîna jusqu'au vase déjà
presque vide. Enhardi par l'inactivité apparente du
singe, un corbeau, plus vorace que les autres, allon-
gea le cou pour saisir l'appât ; le singe, tout à coup,
l'empoignant par la tête et le plaçant entre ses jambes, se mit gravement à le plumer ; quand l'oiseau
n'eut plus que les longues plumes des ailes et de
la queue, il le lança en l'air de toutes ses forces,
caquetant et grimaçant à la bande effrayée, qui
n'osa plus jamais renouveler ses molestations.

EDOUARD. Alfred, mon oncle, voyez donc celui-ci
qui fait rire tout le monde, comme il nous regarde
gravement.

M. DUMONT. En vérité, il semble qu'il trône; une
carotte lui sert de sceptre ; sa large chevelure et sa

longue barbe blanche ajoutent encore à sa majesté.

EDOUARD. Oui; mais le voilà qui croque son sceptre.

M. DUMONT. Mais il ne l'avale pas du tout; il en met une partie en réserve dans les espèces de poches qu'il a en bas des joues et où il peut garder, comme les guenons et les babouins, une quantité d'aliments pour se nourrir un jour ou deux.

Il serait bien difficile, mes amis, de vous dire les noms et les particularités qui distinguent chaque espèce de la grande famille des singes. La plupart ont des noms bizarres qui se heurteraient dans vos jeunes mémoires. Dirigeons-nous vers la vallée Suisse. Je ne veux plus vous parler que d'un seul individu de l'espèce singe des plus curieux, et qu'il est très-rare de pouvoir conserver dans nos climats. C'est l'orang-outang. Nous en avions un à Paris en 1837.

ALFRED. Oh! oui; il s'appelait *Jack*. Maman me racontait qu'elle l'avait vu voler un pot de confitures à la femme du gardien et venir le manger à sa croisée, en faisant à tout le monde des mines très-plaisantes.

M. DUMONT. Ce pauvre *Jack*, apporté de Sumatra, n'a pas vécu ici plus de sept ou huit mois, chacun parlait de lui, il était tout jeune, intelligent, gai et doux. Quand les orangs-outangs deviennent forts,

ils sont moroses et indomptables. *Jack* aimait beaucoup à jouer avec les enfants, et, lorsqu'il était
brusque ou tapageur, il recevait les réprimandes
de son gardien avec soumission, se cachait aussitôt
la figure de ses mains, et versait des larmes quand
on employait les coups. Pour manger, il se servait
de sa cuiller et de sa fourchette. Je vous citerai un
trait remarquable de son intelligence. On lui avait
apporté, pour déjeuner, de la salade apparemment
trop vinaigrée, l'idée lui vint d'ôter le vinaigre en
frottant la salade sur les poils de son bras, mais, ce
moyen ayant été infructueux, il prit les feuilles et
les pressa, l'une après l'autre, entre les plis d'une
couverture qui lui servait de tapis. On suppose que
la durée de l'existence des orangs-outangs ne dé-
passe pas quarante ou cinquante ans.

Nous rentrons maintenant dans les sentiers pai-
sibles et ombreux de la vallée Suisse. La vue d'a-
nimaux doux et sociables qui habitent ces parcs ga-
zonnés repose, il me semble, de la scène turbulente
que nous venons de quitter. Ces petites construc-
tions, dans lesquelles ils s'abritent, sont pitto-
resques et appropriées aux inclinations de chaque
espèce. Voyez, à l'ombre de cette cabane russe,
formée de quelques arbres unis par la terre glaise,
et recouverte en chaume, ce cerf, couché sur le
gazon ; quoique ce soit un habitant de nos con-

Parc des Cerfs.

trées, il m'intéresse et me plaît par ses formes gracieuses.

EDOUARD. Mon oncle, l'animal semblable à lui, qui est plus loin, ne porte point de cornes sur la tête.

M. DUMONT. C'est la biche, la femelle du cerf; ce que vous appelez cornes est un bois vivant qui tombe de lui-même, et se renouvelle à chaque printemps ; pendant cette espèce de mue, le cerf se sépare des autres, gagne les buissons, sous lesquels il demeure tout l'été pour y refaire sa tête ; en cet état elle est très-sensible, et il évite les branchages qui pourraient la blesser. Rien n'est plus semblable à l'accroissement du bois des arbres que celui du bois du cerf : il est d'abord tendre comme l'herbe, et devient dur et serré ; une peau le recouvre et le protége comme une écorce, puis s'en détache quand il a pris son entier développement ; il se divise en rameaux, dont il compte un de plus chaque année : c'est à ce nombre de rameaux que l'on peut reconnaître l'âge du cerf. C'est l'arme dont il fait usage pour combattre les autres cerfs, ou les chiens des chasseurs, quand il est forcé dans ses derniers retranchements.

La chasse au cerf, qui est le divertissement préféré des princes et des grands seigneurs, se fait au bruit éclatant du cor ; une meute de chiens dressés à cet exercice est conduite par des piqueurs à cheval ; autrefois les dames elles-mêmes y prenaient part, montées sur des palefrois, ou, plus tard, transportées dans de brillants équipages.

EDOUARD. Pauvre bête ! quel dommage de la troubler ainsi pour son seul amusement !

M. DUMONT. Ainsi que la vue et l'odorat, le cerf a le sens de l'ouïe très-fin ; au bruit le plus lointain, il lève la tête, dresse les oreilles, cherche le dessous du vent, et s'élance ; il a mille ruses pour dépister les chasseurs et les chiens ; il cherche à se faire accompagner d'autres bêtes pour donner le change ; se tapit sur le ventre en quelque endroit fourré, ou se jette à la nage s'il y a lieu ; enfin, épuisé, il tombe et pleure sa défaite.

ALFRED. Il pleure, mon oncle ?

M. DUMONT. Oui, à l'instant où il est forcé, on

voit des larmes rouler de ses yeux, soit fatigue ou douleur de sa perte.

ALFRED. Chasse-t-on aussi la biche?

M. DUMONT. Oui, et elle-même se présente à la poursuite des chasseurs, afin d'y dérober son petit, son faon, pour lequel elle a une tendresse infinie; elle n'a pas, comme le cerf, une couronne de rameaux, mais elle ne lui cède en rien pour la beauté de sa robe fauve.

EDOUARD. Mon oncle, voici encore des cerfs.

M. DUMONT. Quoi qu'ils aient les jambes plus courtes, le corps plus lourd que le cerf commun et que sa biche, néanmoins il me semble qu'on les a traités trop au-dessous de leur mérite, en leur donnant le vilain nom de cerfs-cochons. Malgré son apparente pesanteur, voyez comme celui-ci court et saute légèrement : cette espèce est originaire des Indes orientales.

Voici le cerf de l'île de Java, paré de sa robe fauve mouchetée de blanc, et sa biche, plus légère et mouchetée d'une manière plus tranchée; et là le cerf et la biche de Virginie, dont le bois diffère de celui du cerf de France. Remarquez qu'il se divise seulement en deux rameaux, dont le moins élevé s'avance au-dessus du front; l'élégant animal est coquet, il a deux parures : en été, il revêt sa belle robe fauve cannelle, et l'hiver, il la remplace par une autre d'un gris brillant et perlé.

ALFRED. Oh ! venez donc voir ces charmants petits cerfs, comme ils présentent d'un air câlin leurs jolies têtes au grillage.

M. DUMONT. Ce sont le cerf et la biche Muntjac. Croiriez-vous que les habitants du Malabar sont friands de la chair de ces jolies bêtes ?

EDOUARD. Je voudrais bien avoir un de ceux-ci, il serait bien soigné. Comme ils sont mignons !

M. DUMONT. Ils n'ont guère plus d'un demi-pied de haut et à peine deux et demi de long ; leur bois est aussi parfaitement planté sur leurs fines têtes. Voici le cerf du Gange, l'axis.

ALFRED. Qu'est-ce que le Gange, mon oncle?

M. DUMONT. C'est un fleuve des Indes orientales, vénéré des habitants de ce pays. Les axis ont quelque rapport avec le daim ; comme lui, ils changent de poils deux fois par an, mais avec cette différence, que le poil du daim change de couleur, et que celui de l'axis est en tout temps fauve et moucheté de blanc ; ils mangent, ruminent, fuient et combattent comme le cerf et la biche. Nous les inquiétons. Voyez-les lever au ciel leur tête en nous montrant leur gorge blanche, et jeter un petit cri plaintif. Laissons-les, enfants ; allons voir le renne, ce bon animal, la richesse du Lapon,

ÉDOUARD. C'est celui qu'on attelle aux traîneaux,
n'est-ce pas, mon oncle ?

M. DUMONT. Oui, il court avec rapidité sur la
neige et les glaces, et donne aussi un lait pur et doux.
Nous n'avons point ici de chamois des Alpes, cette
espèce de chèvre sauvage si rapide à fuir le chasseur
montagnard qui le poursuit pour en vendre la peau
précieuse ; point de gazelle à l'œil si noir, si doux ;
mais en dédommagement, voici de beaux animaux
qui leur tiennent de près, du moins si l'on en croit
les plus célèbres naturalistes, des antilopes, entre
autres le kol ; je le trouve remarquable par sa tête
surmontée de cornes noires annelées, qui, de son
front à leur extrémité, figurent parfaitement un V
terminé par deux pointes très-aiguës.

ALFRED. Mon oncle, voyez cet animal, il ressemble à une petite girafe.

M. Dumont. En effet, mon ami ; tu as reconnu une analogie véritable, et cela me prouve que tu te rends compte de ce que tu vois.

Cette antilope, dont le nom, nil-gau, signifie en indou bœuf bleu, a effectivement, comme la girafe, les jambes de derrière beaucoup plus courtes que celles de devant ; comme elle, aussi, elle a la queue longue et terminée par une touffe de poils. Sa prestance est aussi altière ; j'y vois pourtant une différence : laquelle, Edouard ?

Edouard. Je crois ne pas me tromper ; c'est dans la longueur du cou.

M. Dumont. Très-bien. Il y a plaisir à vous enseigner, mes enfants. Mais admirez le nil-gau sur le seuil de sa cabane avec ses cornes altières, son œil en éveil et sa longue barbe taillée en pointe, il est vraiment imposant.

EDOUARD. J'aime mieux celui-ci que l'écriteau nous annonce, guib du Sénégal.

M. DUMONT. Il compte parmi les plus jolies antilopes. Ce pelage fauve, rayé de lignes blanches, vous flatte; mais vous l'aimeriez moins en hiver.

EDOUARD. Pourquoi donc, mon oncle?

M. DUMONT. C'est qu'en cette saison il suinte une humeur grasse d'une odeur désagréable, qui tombe en gouttelettes de chacun de ses poils; alors le guib se roule par terre, et l'huile s'épaississant, ses poils s'agglomèrent en mèches et prennent toutes les directions.

Nous voici dans la région qu'habitent les chèvres, les brebis, les boucs et les béliers. Vous savez, mes enfants, que le bouc est le mâle des chèvres, et le

bélier le mâle des brebis. Voici le bouquetin des Pyrénées; ici, les chèvres d'Astracan, contrée asia-

tique ; leur fourrure est très - recherchée ; là , les
béliers et les moutons à laine noire de la froide île
d'Islande. Où est l'Islande, Alfred ?

ALFRED. Au nord du royaume de Danemark,
mon oncle.

M. DUMONT. Bien, mon ami. Voici les chèvres
d'Angora ou de Syrie, dont la blanche et soyeuse
toison sert à faire de précieuses étoffes. Vous voyez
quelquefois sur les épaules de votre mère un châle
aux couleurs éclatantes, aux dessins capricieux ; c'est
la chèvre de Cachemire qui produit la fine laine
dont il est tissu.

ALFRED. Pourquoi donc les cabanes de ces chèvres ont-elles des escaliers ?

M. DUMONT. C'est pour complaire à leur naturel
besoin de grimper ; jamais une chèvre n'aime à
brouter que sur des pics escarpés et pendants sur
des précipices.

EDOUARD. Il y a là des moutons dont la tête est
toute noire et d'autres qui ont quatre cornes.

M. DUMONT. Les premiers sont des moutons d'A-
byssinie ; quant aux seconds, c'est une exception à
l'espèce des brebis qui n'en ont généralement point.
Les béliers seuls en possèdent, comme les cerfs ; on
compte leurs années par les anneaux de leurs cornes.

Mes enfants, tout en vous conduisant à un parc où
se trouve un animal fort curieux, nous allons en

voir un dont je veux vous parler ; c'est le lama : ce fut une des plus heureuses découvertes que firent les premiers Européens qui, conduits par Christophe Colomb, pénétrèrent dans le midi de l'Amérique. Ceux-ci manquaient de bêtes de trait ; ils apprirent qu'au Pérou existait un quadrupède que les naturels employaient à porter des fardeaux : c'était le lama. Ils le dressèrent à cet usage, et estimèrent cette richesse presque autant que les mines d'or qu'ils découvrirent dans les mêmes contrées. Comme le chameau, auquel il ressemble, il fléchit les genoux pour recevoir sa charge, et se relève au coup de sifflet du conducteur. Lorsque le faix excède leurs forces, les lamas restent couchés à terre, et, battant la terre à droite et à gauche avec leur tête, ils se tuent de désespoir lorsqu'on les maltraite. Le voici.

Édouard. Mon oncle, voyez un peu, il semble avoir un éperon aux pieds.

M. Dumont. C'est pour s'accrocher dans les pas difficiles. Il a l'air intelligent et doux. Sa laine est fine et d'un excellent usage ; il y a des lamas blancs, noirs, et d'autres mélangés. Vous voyez ici l'alpaca et la vigogne, qui tous deux ont beaucoup de rapports avec le lama, et, comme lui, nous viennent de l'Amérique méridionale.

Édouard. Mon oncle, voici un nom bien difficile que je ne puis prononcer.

M. Dumont. Kanguroo de la terre de Van-Diémen. L'animal est aussi extraordinaire que son nom et le pays d'où il vient.

Edouard. C'est donc bien loin, mon oncle, cette terre que vous venez de nommer?

M. Dumont. C'est une contrée dont les habitants sont encore dans l'état sauvage; il n'y a là ni commerce ni relations aucunes qui puissent y attirer les voyageurs. Quand nous serons à la maison, je vous le montrerai sur la carte.

En attendant, considérez le singulier animal qu'il produit.

Alfred. Il ne marche pas, il saute.

M. Dumont. C'est sa longue queue qui lui sert de point d'appui; ses jambes de devant sont très-courtes et terminées par de petites mains avec lesquelles il cueille, ramasse et mange; et le voici qui, toujours à l'aide de sa queue, s'est élancé au sommet de sa cabane. On l'appelle aussi lièvre sauteur. Cette terre de Van-Diémen produit encore un autre animal dont le muséum ne possède aucun échantillon, c'est l'ornithorynque, qui joint au bec du canard la peau d'une vache, a les pattes armées d'ergots comme un coq, et pond des œufs comme une poule; il est amphibie.

Mais je ne vous ai pas parlé des femelles des kanguroos; elles ont sous le ventre une poche dans la-

quelle elles transportent leurs petits en tous lieux ;
leur fait-on la chasse, elles combattent jusqu'à la
mort sans déposer à terre le fardeau qu'elles dé-
fendent. Voyez et admirez, mes enfants, ce que sait
faire l'amour maternel, même chez les animaux.

EDOUARD. Voilà de petits sangliers.

M. DUMONT. Ce sont des pécaris, ou espèces de
petits cochons sauvages de l'Amérique méridionale.
Ce sont des animaux peu aimables qu'on parvient
à apprivoiser, mais qui ne s'attachent à personne.
Ils mangent les crapauds et les lézards, c'est à peu
près leur seule utilité, si l'on en excepte la qualité
de leur chair, qui est, dit-on, assez bonne.

. ALFRED. Ah! mon oncle, voici ces jolis bêtes que
nous n'avons pu voir l'autre jour ; elles ressemblent
à l'âne et même presque au cheval.

M. DUMONT. Effectivement, mieux faits que l'un
et moins nobles que l'autre, ils sont comme eux
originaires de l'Asie. Ceux-ci sont des hémiones.
Cette petite crinière noire de laquelle part, pour se
terminer à la queue, une raie fine et noire aussi,
tranche à merveille sur la douce couleur fauve du
pelage. Dans quelques parties de l'Inde, cette espèce
est en domesticité ; on en a vu même des attelages.
J'ai ouï citer un trait de leur instinct : un Européen,
habitant le pays de Cutch, avait un hémione qui le
suivait dans ses promenades à cheval. Ayant un jour

pris un étang pour but de son excursion, le maître
de l'hémione entra dans un bateau; l'animal resta
d'abord paisible sur le rivage; mais, impatienté de
voir que le bateau tardait à revenir, il se mit à la
nage, le rejoignit et le suivit jusqu'à la fin de la promenade.

Il y a encore différentes variétés d'animaux qui
offrent aussi des ressemblances avec le cheval et
l'âne, ce sont le zèbre ou âne rayé, le couagga, tous

deux originaires d'Afrique, dont il n'y a point ici,
et le dauw que voici.

ALFRED. Il est plus beau que l'hémione.

M. DUMONT. La symétrie des rubans noirs qui ornent sa robe feuille-morte est admirable.

EDOUARD. Oui, mais il paraît que celui-ci est méchant, car il est muselé et attaché, tandis que l'autre
est en liberté.

M. Dumont. Ces animaux sont parfois très-rétifs et dangereux pour les personnes qui les soignent.

Passons maintenant, mes enfants, à l'innombrable famille des oiseaux ; rendons-nous d'abord au séjour des oiseaux de proie que l'on a jugé prudent de séparer du public par une balustrade et un fort treillis de fer. Les caractères qui distinguent les oiseaux de proie sont le goût de la chasse, le vol très-élevé, l'aile et la jambe fortes, les quatre doigts de chaque pied bien séparés l'un de l'autre, le bec crochu et la vue très-perçante ; ils habitent de préférence les lieux solitaires, les creux des rochers ou la cime des plus grands arbres. De même que les quadrupèdes carnassiers, ils ne se réunissent jamais les uns avec les autres ; ils mènent comme les brigands une vie errante et isolée ; la dureté de leur naturel s'exerce même sur leurs petits, qu'ils ont presque tous l'habitude de chasser hors du nid dans le temps que ceux-ci ont encore besoin de secours. Tenez, les voici. Arrêtez, si vous le pouvez, vos regards sur leurs yeux fixes, ronds et flamboyants, desquels on a dit qu'ils étaient seuls capables de ne point se baisser devant l'éclat du soleil.

Venez, il faut d'abord examiner ce milan noir. Le milan, en général, est un oiseau commun aux provinces montueuses de la France, telles que la Franche-Comté, le Dauphiné et l'Auvergne. L'on

avait donné à la plus vulgaire de ces espèces le nom
de milan royal.

Alfred. J'aurais cru, moi, que c'était la plus
belle que l'on nommait ainsi.

M. Dumont. C'est simplement parce qu'elle servait au plaisir des princes qui lui faisaient donner la
chasse par le faucon et l'épervier.

Alfred. Ce sont de grands oiseaux ?

M. Dumont. Au contraire, le faucon n'est qu'un
oiseau petit et léger ; mais je vous en parlerai plus
tard. Occupons-nous d'abord de notre milan.
Vous voyez qu'il ne manque point d'armes et de
force ; eh bien, le lâche oiseau refuse de combattre,
et fuit devant l'épervier, s'élève en tournoyant dans
les nues comme pour s'y cacher, et retombe enfin
à terre plus vaincu par la peur que par la force de
son ennemi. Il ne fait la guerre qu'aux plus petits
animaux ; c'est surtout aux jeunes poussins qu'il en
veut, mais la seule colère de leur mère suffit pour
l'éloigner.

Le milan noir, plus rare que le milan royal, se
distingue de celui-ci par la teinte plus foncée de ses
plumes, et par sa queue qui n'est pas fourchue. Il
est aussi un peu plus petit, mais ses habitudes sont
les mêmes.

Edouard. En voici un qui a l'air de bien mau-
vaise humeur.

M. DUMONT. C'est un oiseau de nuit ; la lumière du jour blesse ses yeux. On le nomme le grand duc. Il fait entendre dans le silence et l'obscurité un cri sinistre qui inspire l'effroi ; quand tous les autres animaux dorment et se taisent, celui-ci veille, vient les surprendre et les emporte dans les cavernes et les ruines abandonnées qu'il habite. C'est une singulière figure que cette grosse tête surmontée de deux aigrettes, et ce bec court et crochu.

ÉDOUARD. Est-ce du poil qui entoure sa face et couvre aussi ses pattes ?

M. DUMONT. Non, ce sont de fines plumes ; avec ces fortes serres, il enlève les lièvres, les lapins, il se contente à l'occasion de souris, de lézards et de crapauds qu'il porte à ses petits.

Voici l'épervier du Brésil, que l'on nomme caracara.

ALFRED. Je ne voudrais pas tendre mon doigt à son bec noir et crochu.

M. DUMONT. Voici la famille des aigles. Comme le lion est le roi dês quadrupèdes, l'aigle est celui des oiseaux, l'emblème de la puissance suprême. Le grand aigle se trouve dans beaucoup de contrées, et les montagnes de France ne lui sont pas étrangères. Il est fier et magnanime, ne veut d'autre proie que celle qu'il a conquise, et ne se jette jamais sur les cadavres. Voyez ses redoutables serres dans les-

quelles il enlève jusqu'aux agneaux et les chevreaux ;
mais admirez surtout ses yeux, que la cavité pro-
fonde dans laquelle ils paraissent enchâssés rend
encore plus brillants; la topaze et le diamant n'ont
pas plus d'éclat. Voilà qu'il déploie ses ailes, elles
ont bien environ neuf pieds d'envergure.

ALFRED. Qu'est-ce que cela veut dire, s'il vous
plaît, mon oncle?

M. DUMONT. C'est-à-dire l'étendue qu'il y a entre
les deux extrémités des ailes. L'aigle est de tous les
oiseaux celui qui s'élève le plus haut, et c'est pour
cette raison que les anciens le nommaient l'oiseau
céleste et le messager de Jupiter. Ils plaçaient dans
le ciel des dieux divers qu'ils adoraient, dont Jupiter était le roi ; l'aigle gardait ses foudres et l'ac-
compagnait sur la terre quand il daignait visiter les
hommes. C'est ce qu'on appelle la Fable ou la my-
thologie, que vous apprendrez plus tard.

EDOUARD. Mon oncle, les aigles attaquent-ils les
hommes ?

M. DUMONT. Il y a l'aigle destructeur ou harpie
d'Amérique qui est, selon les naturalistes, l'espèce
qui paraît la plus redoutable. Le luxe de son plumage en fait une des plus curieuses à voir ; mais on
se le procure difficilement ; on assure qu'il est si
fort, qu'il a quelquefois ouvert à coups de bec le
crâne des hommes.

Volière.

Voici le plus fort des vautours, le condor d'Amérique. Le vautour diffère de l'aigle en ce qu'il se nourrit souvent de cadavres. Le gypaëte est aussi de l'espèce du vautour ; il vit également sur les Alpes, les Pyrénées et l'Atlas, montagne de Barbarie. Ici sont les bruyants perroquets, les aras aux brillantes couleurs, et le kakatoës blanc à crête, qui nous vient d'Asie. Nous ne nous arrêterons pas davantage, mes enfants, devant les oiseaux.

Vous voyez d'ici cet élégant bâtiment légèrement grillé, qui se dessine en demi-cercle ; c'est ce qu'on appelle la faisanderie.

ALFRED. Oh ! j'ai vu des faisans dans la forêt de Fontainebleau.

M. DUMONT. Vous avez vu là le faisan commun qu'on pourrait certainement admirer sans la présence de celui qui l'éclipse, et qu'on nomme le faisan doré. Cet oiseau si élégant, si fier, a les ailes courtes, ce qui lui donne un vol pesant et peu élevé. Ses plumes semblent effectivement revêtues d'or ; comme il relève coquettement en forme de huppe celles qui ornent sa tête ! Le faisan doré est originaire de la Chine ; sa queue est plus longue et plus émaillée que celle du faisan ordinaire, dont il peut être regardé comme une variété embellie sous un ciel plus chaud. La femelle que vous voyez à côté est plus petite et de couleur tout à fait commune ; mais en

4

vieillissant elle embellira, et deviendra semblable au mâle. Tout à côté, voici un autre faisan qui, pour avoir pris la couleur et le nom d'un métal moins précieux, n'en est pas moins très-recherché ; c'est le faisan argenté, ou faisan blanc et noir de la Chine. La femelle est plus petite et diffère beaucoup du mâle par la couleur du plumage qui est un rouge brun.

ALFRED. Voici un oiseau dont les plumes ressemblent à celles du paon.

M. DUMONT. C'est le faisan argus, le roi de la famille. Après avoir vu ces belles variétés d'oiseaux, je ne connais plus dans la ménagerie que celui que tu viens de nommer qui soit capable d'exciter l'admiration.

Mais avant d'arriver à lui, voici, non loin, des oiseaux d'un tout autre genre ; ce sont les autruches.

Vous savez, mes enfants, que l'éléphant est un géant parmi les quadrupèdes ; l'autruche est aussi un géant parmi les oiseaux, mais un oiseau qui ne vole point, car ses ailes, hors de proportion avec sa stature et le poids de son corps, garnies de plumes dont les barbes sont détachées, ne peuvent l'élever et le soutenir dans les airs. L'autruche est donc complétement un animal terrestre, et l'on peut en quelque sorte le regarder comme une espèce de passage des animaux ailés aux quadrupèdes, avec lesquels il a beaucoup de rapports. Ainsi, vous remarquez que la plus grande partie de son corps est couverte de poil au lieu de duvet ; sa petite tête et son long cou mince sont presque nus ; ses yeux, garnis de cils, ressemblent plus à des yeux humains qu'à ceux des oiseaux, et ils sont disposés de manière à regarder tous deux ensemble le même objet, ce qui n'existe dans aucune espèce d'oiseau. Ses gros pieds charnus ont beaucoup de ressemblance avec ceux du chameau, et il faut bien que dans son port, son allure et sa conformation, l'autruche ait quelque similitude avec ce dernier animal, puisque tous les peuples de l'Orient le nomment *oiseau chameau*.

ALFRED. D'où vient l'autruche, s'il vous plaît, mon oncle ?

M. DUMONT. On la trouve dans les sables et les

déserts de l'Afrique, dans une partie de l'Asie et surtout en Arabie ; on voit souvent dans ces contrées les autruches réunies en grandes troupes. Malgré leur grand amour pour la liberté, elles supportent assez patiemment l'esclavage, et en quelques lieux de l'Afrique on parvient à les dresser jusqu'à s'en servir comme de montures.

EDOUARD. Oh ! ; qu'il doit être drôle de galoper sur une autruche.

M. DUMONT. C'est une monture peu docile, mais qui voyage avec une grande rapidité. L'autruche enterre ses œufs dans le sable ; on fait avec les coques des coupes qui, en se durcissant, ressemblent presque à l'ivoire. Les œufs entiers, suspendus aux voûtes, sont une décoration dans les mosquées des musulmans, et même dans les églises des chrétiens d'Orient.

ALFRED. Mon oncle, vous disiez l'autre jour d'une personne, qu'elle avait un estomac d'autruche. Mangent-elles donc beaucoup ?

M. DUMONT. Ce n'est pas encore la quantité, mais la nature des aliments qu'elles avalent qui est extraordinaire ; tout leur est bon : pierre, cuivre, verre même, elles digèrent tout.

EDOUARD. Que produisent-elles d'utile ?

M. DUMONT. Un ornement que le luxe recherche, et qui est bien la plus élégante et la plus noble parure, soit qu'elle ondule sur la tête des femmes, ou qu'on les assemble en touffes sur les dais et les catafalques; ce sont les belles plumes de leurs ailes et de leurs queues, et c'est pour s'en emparer qu'on livre la chasse aux autruches.

Voici le nandou, ou autruche d'Amérique, et le marabout du Sénégal, dont les plumes sont légères comme le souffle, et à côté le casoar à casque, ainsi nommé à cause de la protubérance osseuse qu'il porte sur la tête. Je ne vous dirai rien du paon, mes enfants; il vous est assez connu. Plus loin nous en verrons de tout blancs, originaires de la Norwége; ils sont plus rares, mais ne valent pas, à beaucoup près, celui-ci, qui nous vient des Indes orientales. Là-bas, près d'une pièce d'eau, je vois un oiseau au long bec, à la contenance grave et triste; c'est le héron. Le poisson est son mets favori, et c'est pour le guetter qu'il passe ennuyeusement de longues heures au bord de l'eau; c'est aussi en raison de cette inclination pour la pêche que la nature l'a pourvu de ces longues jambes et de ce long bec qui l'ont fait ranger dans la classe des échassiers, de même que la grue qui marche là avec une affectation de gravité très-comique. Celle-ci n'est point aussi apathique que le héron; elle fuit l'hiver, et s'envole avec ses compagnes, comme l'hirondelle, pour aller chercher d'autres printemps.

EDOUARD. Voyez cet oiseau à panache qui nous fait la révérence.

M. DUMONT. C'est la demoiselle de Numidie ; elle a un goût si prononcé pour la danse et les belles manières, que de tout temps on lui a donné des dénominations qui rappelaient cette disposition ; on l'a appelée le baladin, le comédien ; celui de demoiselle lui est resté.

ALFRED. Les singuliers oiseaux que l'on voit ici ! En voici un qui semble coiffé d'une toque rouge ornée d'une aigrette.

M. DUMONT. C'est l'oiseau royal, ainsi nommé à cause de cette aigrette qui le couronne ; cette peau rouge, qui couvre ses tempes figure effectivement assez bien une coiffure telle que tu nous le dis ; on le trouve en Afrique, sur les côtes de Guinée. Encore un oiseau échassier, la cigogne, connue comme l'emblème de l'amour filial et de l'amour maternel, et que sans doute, à cause de ces estimables qualités, les Egyptiens vénéraient et regardaient comme un présage de bonheur.

Mais j'entends un cri, celui de la grue ; rentrons, mes enfants, le temps menace, c'est cela qu'elle nous annonce ; nous reviendrons finir notre étude jeudi prochain : l'examen des reptiles et de quelques plantes et arbres remarquables complétera les premières notions d'histoire naturelle qui suffisent à votre jeune âge.

TROISIÈME PROMENADE.

Les aimables enfants, toujours dociles et appli-
qués, furent de nouveau récompensés, ainsi qu'il
leur était promis ; ils étaient aussi curieux de visiter
les reptiles, ces animaux qui inspirent généralement
le dégoût et la terreur, qu'ils l'avaient été de voir
les quadrupèdes carnassiers. Arrivés au bâtiment
vitré situé au midi, habité autrefois par les singes,
ils se joignirent à la foule pressée, attendant impa-
tiemment que leur tour arrivât pour pénétrer jusqu'aux fenêtres, et maudissant la chaude couverture
qui leur cachait une partie des replis des frileux
animaux. M. Dumont, voyant autour de lui et de ses
élèves un trop grand nombre de curieux qui l'eus-
sent gêné dans sa démonstration en l'écoutant, en-
gagea les enfants à examiner attentivement les boas,
les serpents à sonnettes et les crocodiles, qui digé-
raient alors immobiles.

Ils furent ensuite s'asseoir dans une charmante
allée, bordée d'acacias sans épines, à la cime ar-
rondie ; libre alors, il satisfit aux nombreuses ques-
tions que lui adressèrent les deux enfants.

Mon oncle, dit Edouard, pourquoi les paresseuses

bêtes dorment-elles ainsi? J'aurais tant voulu voir le boa se dérouler tout entier.

M. Dumont. Ce boa, bien qu'il ait la gueule et le gosier assez étroits, ainsi que tu as pu le supposer, avale cependant, sans déchirer et sans mâcher, des animaux tout vivants ; à celui que tu viens de voir, on n'offre que de petites proies, telles que des lapins ou des quartiers de bœuf ou de veau ; mais dans les bois, où il vit en liberté, il se jette sur de gros quadrupèdes, tels qu'un sanglier ou un buffle, l'entortille de son corps, l'étouffe et lui brise les os. Lorsque le serpent a ainsi broyé et amolli sa proie, il l'avale ; une fois gorgé de cette énorme quantité de nourriture, le monstrueux reptile est incapable d'attaquer ou de se défendre ; alors on peut s'emparer de lui et le tuer ; c'est ce que font les Indiens, qui dépècent et vendent sa chair, qu'on dit être une nourriture excellente.

Alfred. Oh ! je ne serais pas du tout tenté de me régaler du boa.

M. Dumont. Pourquoi cette répugnance, mon ami? Si tu n'avais pas été accoutumé dès l'enfance à manger de l'anguille, qui ressemble beaucoup à un serpent, tu éprouverais sans doute autant d'éloignement à goûter de sa chair que de celle du boa. Il faut éviter de se prévenir ainsi sans réflexion.

EDOUARD. Le serpent à sonnettes n'est pas aussi grand, aussi fort que le boa?

M. DUMONT. Non; mais s'il n'étreint pas comme lui sa victime, il verse dans ses veines un poison actif et mortel, et c'en est fait du malheureux que le serpent a blessé. A l'extrémité de sa queue est un assemblage d'écailles sonores, emboîtées les unes dans les autres, qui rendent un son semblable à celui d'une crécelle; c'est ce qui l'a fait nommer serpent à sonnettes; il est moins agile que les autres serpents, et le bruit qu'il fait entendre permet de l'éviter assez aisément.

EDOUARD. Mon oncle, c'est aussi une terrible bête que le crocodile.

M. DUMONT. Certainement; d'autant plus qu'il est amphibie, et poursuit aussi bien sa proie sur la terre que sous les eaux. Les crocodiles occupent la seconde classe des reptiles. En Afrique, celui du Nil a le nom d'alligator; celui du Gange, dans les Indes, est appelé gavial, et celui d'Amérique caïman. Du fond des eaux, sa demeure ordinaire, il guette sa proie, et au moment où elle vient se désaltérer, il nage droit à elle, la saisit par les jambes et l'entraîne au large pour l'y noyer; là il se remue avec agilité; mais à terre il est plus facile de l'éviter, en formant dans la fuite de fréquents et sinueux détours que son long corps ne peut suivre avec promptitude. Leur dimension est quelquefois de vingt-cinq pieds.

EDOUARD. Mais, mon oncle, les serpents, les crocodiles n'ont pas d'utilité. Pourquoi donc le bon Dieu a-t-il créé des animaux qui tourmentent ainsi les hommes?

M. DUMONT. Mon ami, l'utilité de certains êtres n'est pas, il est vrai, démontrée aux hommes, et il en murmure quelquefois; mais il faut toujours croire que tout dans la création sert à exécuter les décrets de Dieu qu'il ne nous est pas permis de connaître, et se contenter d'admirer la variété dont il lui a plu d'orner l'univers.

- Maintenant, mes amis, que votre curiosité satisfaite vous permet d'écouter plus posément mes petites leçons, je veux vous entretenir des principes généraux que l'on est convenu d'adopter dans l'étude de la nature. On a établi trois divisions : le *règne minéral*, qui comprend tous les corps privés de vie et de mouvement, tels que les terres, les pierres, les sels et les métaux.

Dans le *règne végétal* sont réunis tous les êtres doués d'organes et de vie, mais privés de la faculté de se mouvoir : ce sont les arbres, les plantes.

Le *règne animal* embrasse tous les êtres vivants qui possèdent la faculté de sentir, de se mouvoir; ainsi, tous les animaux, les poissons, les reptiles,

les insectes, etc., et même l'homme, mes enfants.

ALFRED. Comment, mon oncle, l'homme appartient au règne animal?

M. DUMONT. Eh bien, oui; cela t'humilie, mon pauvre enfant; mais aussi l'homme est le roi de la création; il possède la raison, l'intelligence et une âme qui est immortelle.

Vous avez examiné une petite partie de ce qui est contenu dans le règne animal; vous êtes trop jeunes pour étudier le règne minéral, mais dans le troisième il existe quelques espèces qui pourront vous intéresser.

Et tenez. Dans ces carrés que nous avons en face de nous, j'aperçois une plante bien curieuse, et son nom doit vous l'annoncer; on l'appelle *attrape-mouche*; elle nous vient de l'Amérique septentrionale. Suivez bien des yeux ma description. Voyez-vous, à l'extrémité de ces feuilles, deux petites plaques arrondies, hérissées de poils? elles sont surmontées de petites glandes distillant une liqueur qui attire les insectes. Malheur à la mouche imprudente qui vient les frôler de ses ailes; elle est saisie sans pitié entre ces deux petites plaques, et plus elle s'agite, plus sa prison l'étreint; elle étouffe, et la feuille perfide s'écarte de nouveau, en attendant une nouvelle victime.

EDOUARD. Eh mais, c'est une plante carnassière, une vraie lionne.

M. DUMONT. Tout à fait. En voici encore une merveilleuse, et qui n'est pas si féroce ; c'est le népenthes de Madagascar. Vous savez combien l'eau est utile aux plantes? La nature a singulièrement pourvu aux besoins de celle-ci ; chaque feuille porte à son sommet un long filament que termine une espèce d'urne close par un couvercle mobile. L'eau que la plante a pompée dans le sol et dans l'atmosphère vient s'accumuler dans ces petits réservoirs, pendant la nuit, le couvercle est baissé, et l'urne se remplit d'une eau limpide très-bonne à boire. Pendant le jour, le couvercle se soulève un peu, et l'on voit l'eau diminuer selon que la plante l'absorbe.

Enfants, il y a là un arbuste dont le produit est un grand régal pour vous quand votre mère vous permet d'en prendre : le café.

ALFRED. Oh ! l'arbuste est aussi joli que son fruit est bon.

M. DUMONT. Savez-vous comment on le découvrit? il y a là-dessus bien des récits. On prétend que des chèvres, ayant brouté du caféier, passèrent la nuit à cabrioler, et révélèrent ainsi le café au berger. D'autres disent que le prieur d'un couvent, qui en avait goûté un grain par hasard, s'avisa d'en faire prendre à ses religieux afin qu'ils pussent lutter contre le sommeil pendant les matines. Le meilleur café est celui qu'on récolte en Arabie aux environs de la ville de Moka.

EDOUARD. Ne m'avez-vous pas dit quelquefois, mon oncle, que le tabac que vous prenez provenait d'une plante?

M. DUMONT. Oui; ce sont justement ces larges feuilles et ces fleurs roses que vous voyez là-bas; les Espagnols le découvrirent à l'île de Tabago, dans les mers du Mexique, et l'apportèrent en Europe en 1560. Jean Nicot, ambassadeur de France en Portugal, en reçut d'un Flamand qui arrivait de la Floride. Ce fut lui qui introduisit le tabac en France, et offrit la première prise de sa poudre à Catherine de Médicis. La reine y prit goût, et la plante que l'on avait d'abord nommée *nicotiane*, du nom de Nicot, fut appelée *herbe à la reine*. Bientôt ce fut une passion générale; les rois s'en alarmèrent; le pape Urbain le défendit par une bulle, et dans toutes les églises l'ordre fut donné aux bedeaux de s'emparer des tabatières qu'ils trouveraient entre les mains des fidèles. Le grand-duc de Moscovie et divers souverains d'Asie jugèrent que le meilleur moyen d'empêcher les priseurs de faire usage du tabac était de leur couper le nez. Mais la nicotiane a triomphé de toutes ces persécutions, et dans certaines contrées, le tabac est plus connu que le pain.

EDOUARD. Comment cela peut-il être agréable? c'est piquant à faire pleurer.

M. DUMONT. C'est une habitude, un passe-temps.

ALFRED. Oui, n'est-ce pas, mon oncle, cela vous occupe. Quand vous écrivez, et que vous cherchez vos idées, alors votre tabatière est bientôt vide.

M. DUMONT. Oui. Et toi, espiègle, qui n'as pas de tabac pour priser, tu ronges tes ongles, n'est-ce pas, quand tu fais tes versions? Mais dirigeons-nous vers le cèdre, dont nous voyons d'ici les longs rameaux d'un vert foncé. Le mont Liban, en Syrie, est couronné de cèdres magnifiques, dont celui-ci peut vous donner une idée, bien que les atteintes de la foudre aient arrêté la croissance de sa cime. Il fut rapporté en France en 1754, par Bernard de Jussieu, l'un des plus savants naturalistes qui ont enrichi ce jardin de leurs dons. On dit que pendant la traversée, l'équipage manquant d'eau douce, une part en fut mesurée à chacun; le dévoué savant partagea scrupuleusement avec le petit rejeton les gouttes qui lui étaient comptées; il souffrit beaucoup de la soif, mais la plante survécut et toucha avec lui au port.

Ce dévouement me rappelle celui d'un autre homme qui consacra sa fortune entière à la culture d'un légume dédaigné autrefois, qui maintenant est un de nos aliments préférés et la ressource des pauvres. Je veux parler de la pomme de terre que vous aimez aussi. Le bon roi Louis XVI avait engagé les grands propriétaires à l'admettre dans leurs domaines, mais les paysans se refusaient non-seulement à s'en nourrir, mais même à les donner à leurs bestiaux. Le chimiste Parmentier comprit que si la pomme de terre pouvait suppléer au froment, toute famine devenait à jamais impossible; il acheta une grande quantité de terre, y fit planter des pommes de terre, les vendit à bas prix aux paysans, les leur donna même, et comme ils se refusaient toujours à en faire usage, il eut recours à une ruse ingénieuse; il fit publier à son de trompe que quiconque oserait toucher à ses pommes de terre serait puni selon toute la rigueur des lois; les champs furent strictement gardés pendant le jour, mais la nuit toute facilité fut laissée aux maraudeurs qui s'organisèrent régulièrement; le bon Parmentier pleurait de joie en apprenant la dévastation de ses champs; la pomme de terre avait acquis la saveur du fruit défendu, et sa culture s'étendit bientôt par toute la France.

Quand vous serez plus grands, je vous ramènerai vers ces carrés et ces serres, et je vous donnerai quelques notions de botanique; c'est ainsi que l'on appelle l'étude des plantes. Alors, ce qui

ne fait encore que flatter votre vue et votre odorat vous paraîtra merveilleux dans ses détails.

EDOUARD. Oh! je voudrais être grand, mon oncle, pour être aussi savant que vous.

M. DUMONT. Eh! cher enfant, cette prétendue
science que tu admires n'est rien que la mémoire
de ce que j'ai lu dans ma jeunesse. Si vous êtes
toujours sages et studieux, je vous donnerai des
livres pour vos récréations d'hiver ; vous les lirez
avec attention, et vous deviendrez savants.

Pendant cette causerie, le bon oncle et ses petits
amis avaient redescendu les sentiers du labyrinthe ;
ces derniers sortirent du magnifique jardin, bien
enchantés de leur dernière visite, et désireux d'atteindre quelques années de plus pour être initiés à
d'autres merveilles.

FIN.